瑞蘭國際

瑞蘭國際

瑞蘭國際

瑞蘭國際

與法國人對話自如！

即問即答
生活法語

政大歐文系教授 阮若缺 編著

French ABC

Préface
前言

　　學習法語，並不如想像中困難，只要抓住竅門，當可運用自如。特別是與法國年輕人對話時，熟用他們慣用的短語更是捷徑之一，除了立即可收到畫龍點睛的效果外，猶能在極短暫的接觸中立刻打破文化藩籬，輕輕鬆鬆地和他們搭上線，從而擴大許多社交空間。

　　書中選錄的短語具有直接、好記、生活化、實用性高等特點；此外，由於句中並無繁複之文法成分，故只要有心勤練，初學者必可朗朗上口，廣泛地運用在日常會話當中，以增進自己的法語口語語感，以及對法語語文的興趣。至於長年學法語而未到法語系國家久居者，更能藉此印證自己在使用法語時的恰當性，並大增口語表達能力，至少在看法語片時，挫折感會減少，成就感會大增。

　　《即問即答生活法語》依類別收集了不少輕鬆、活潑、有趣又道地的短語。再者，有些課本裡學不到的，以及傳統字典裡找不到的短語、俚語、俗語，本書亦收集了不少，且依程度、類型標上可愛的辨識符號，其中有些字句或許不登大雅之堂，讀者不必爆粗口，但在大街小巷時有所聞，不可不知。相信本書必可幫助有心學好法語口語的學習者掌握更多法語小細節。

2024 年 7 月於台北指南山麓

Table des matières
目次

本書符號釋義：全書有四種符號，此外，特別的說明會用「★」

✦ Formel 正式說法

❤ Familier 通俗說法

➡ Normal 一般說法

† Vieilli 老式說法

如何掃描 QR Code 下載音檔

1. 以手機內建的相機或是掃描 QR Code 的 App 掃描封面的 QR Code。
2. 點選「雲端硬碟」的連結之後，進入音檔清單畫面，接著點選畫面右上角的「三個點」。
3. 點選「新增至『已加星號』專區」一欄，星星即會變成黃色或黑色，代表加入成功。
4. 開啟電腦，打開您的「雲端硬碟」網頁，點選左側欄位的「已加星號」。
5. 選擇該音檔資料夾，點滑鼠右鍵，選擇「下載」，即可將音檔存入電腦。

I

Familiarité
客套

01　Salutation ／打招呼　　　　　MP3-01

➡ Comment allez-vous ?
您好嗎？

➡ Comment ça va ?
你好嗎？

➡ Ça ne peut pas aller mieux.
好得不得了。

➡ On ne peut pas être mieux.
再好不過了。

➡ Pas mal.
不錯。

♥ Ça va toi ?
你還好吧？

♥ Ça boume ?
近來很得意吧？

♥ Salut !
嗨！

♥ Quoi de neuf ?
近來可好？

♥ Alors, t'es toujours vivant ?
哇塞，你還活著呀？

❤ Ça marche ?
還順利吧？

❤ Ça roule ?
順利吧？

❤ Y'a pire.
還有更糟的。

❤ Ouais, si tu veux.
嗯……，還可以啦。

❤ Comme ci comme ça.
差不多啦。

❤ Couci-couça.
馬馬虎虎。

❤ Je suis dans la merde.
糟透了。

❤ J'ai un truc qui me turlupine.
有件事煩死我了。

❤ Ça va pas fort.
不太順。

❤ Pas super.
不太好。

❤ Pas génial.
不怎麼妙。

❤ Bof.
別提了。

★ Pas pire.
還好。（魁北克人的說法）

02　Présentation ／介紹　　▶ MP3-02

✦ Heureux(euse) de faire votre connaissance.
很高興認識您。

✦ Heureux(euse) de vous connaître.
很高興認識您。

✦ Enchanté(e).
幸會。

✦ Ravi(e) de vous rencontrer.
真高興和您見面。

➡ Je me présente.
我自我介紹。

➡ Je vous (te) présente.
我向您（你）介紹。

➡ Je m'appelle Michel.
我叫米歇。

➡ Je suis Michel.
我是米歇。

➡ Moi, c'est Michel.
我，我是米歇。

➡ Lui, c'est David.
他，他是大衛。

➡ David, un copain de la fac.
大衛，一個大學同學。

➡ Tu travailles ?
你在工作？

➡ Que fais-tu (dans la vie) ?
你從事哪一行？

➡ T'habites où ?
你住哪兒？

♥ Où tu crèches ?
你窩在哪兒？

♥ Je suis encore chez mes vieux.
我還住在我老爸老媽家。

♥ Mon paternel (= mon père).
我老爸（＝我父親）。

♥ Ma mater (= ma mère).
我老媽（＝我母親）。

♥ Tu bosses ?
你在工作？

03 ▶ **Nom** ／名字　　　▶ MP3-**03**

➠ Votre nom, s'il vous plaît.
請問貴姓。

➠ Quel est votre nom ?
貴姓？

➠ Votre prénom ?
您的大名是？

➠ Comment vous appelez-vous ?
怎麼稱呼您？

♥ Tu t'appelles comment ?
你叫什麼名字？

♥ C'est quoi ton nom ?
你叫什麼來著？

04 Qu'est-ce qu'il se passe ? ／怎麼了？ ▶ MP3-04

➡ Qu'est-ce qu'il t'arrive ?
你怎麼了？

➡ Qu'est-ce qui te prend ?
你怎麼了？

➡ Qu'est-ce qu'il y a ?
出什麼事了？

➡ Qu'est-ce qui ne va pas ?
有什麼不對嗎？

➡ Qu'est-ce que c'est que cette histoire-là ?
這是怎麼回事？

➡ Il y a anguille sous roche.
事有蹊蹺。

➡ Ça m'a mis la puce à l'oreille.
這讓我起了疑心。

♥ Ce n'est pas tes oignons !
這不關你的事！（＝關你屁事！）

♥ Occupe-toi de tes oignons !
管好你自己的事！（＝雞婆！）

♥ C'est pas tes affaires !
不關你的事！

♥ Occupe-toi de tes affaires !
管好你自己的事！

♥ On ne t'a rien demandé !
沒人問你！

♥ Mêle-toi de ce qui te regarde.
少管閒事。

♥ Ça ne te regarde pas !
沒你的事！

♥ Je me demande de quoi tu te mêles !
你來攪什麼局！

05 ▶ Je ne suis pas curieux. ／我不好奇。 ▶ MP3-05

➠ Ça m'intrigue.
這讓我滿困惑的。

➠ C'est curieux.
真奇怪。

➠ C'est bizarre.
真奇怪。

➠ C'est louche.
滿詭異的。

➠ Il y a quelque chose là-dessous…
這裡頭有鬼……

➠ C'est fantasque.
這有些古怪。

➠ C'est original.
這真有創意。

➠ C'est singulier.
這真奇特。

➠ C'est insolite.
這不太尋常。

➠ Je ne suis pas curieux, mais je voudrais savoir.
我不是好奇，但我想知道。

♥ C'est un drôle de zèbre.
他是個怪胎。

♥ C'est un drôle de farfelu.
這小子很古怪。

♥ C'est un drôle de zigoto.
這傢伙怪怪的。

♥ C'est un drôle de numéro.
這傢伙很特別。

06 ▶ Invitation à table ／請客　　▶ MP3-06

➡ Ça me fait venir l'eau à la bouche.
真令我流口水。

➡ J'ai un appétit d'oiseau.
我是小鳥胃。

➡ Je suis très sucre.
我喜歡甜食。

➡ Je suis plutôt viande.
我比較愛吃肉。

★用餐開動前互說：

➡ Bon appétit.
祝好胃口。

★主人可說：

➡ Servez-vous.
請用。

★在餐廳時若不會點餐，和前一人點相同餐點時說：

➡ La même chose.
一樣。

★吃牛排時，生熟程度有：

➡ Bleu
兩分

➡ Saignant
三分

➡ A point
五分

➡ Bien cuit
全熟

➡ C'est un régal.
真好吃。

➡ C'est très bon.
很好。

➡ C'est délicieux.
真好吃。

➡ C'est un délice.
真是人間美味。

★做客時千萬別說：

➡ C'est pas mal.
還好。

★付帳時可說：

➡ Je t'invite.
我請客。

➡ J'insiste.
我來付。

➡ On partage.
咱們各付各的。（注意看菜單上如果寫了「Service compris」，
表示服務費已算在內。）

➡ L'addition, s'il vous plaît.
我要買單。

❤ J'ai une faim de loup.
我好餓。

❤ J'ai l'estomac dans les talons.
我餓扁了。

♥ Ils ont salé l'addition.
簡直貴得坑人嘛。

♥ C'est dégoûtant.
難吃死了。

♥ C'est dégueulasse.
難吃死了。

♥ Ça a un goût de revenez-y.
這味道真讓人齒頰留香。

➥ L'appétit vient en mangeant, la soif s'en va en buvant.
(François Rabelais)
邊吃食慾就邊來了，邊喝口就不乾了。 （哈伯雷）

➥ En art, j'aime la simplicité ; de même en cuisine. (Erik
Satie)
在藝術方面，我喜歡簡單，飲食方面也是。 （沙迪）

➥ Il faut manger pour vivre, et non pas vivre pour manger.
(Molière)
要為了生活而食，而非為了吃而活。 （莫里哀）

➥ Un bon repas favorise la conversation ; un bon vin lui
donne de l'esprit. (Brillat-Savarin)
一頓佳餚有助談話，一瓶好酒可以提神醒腦。 （薩瓦漢）

➠ Un dessert sans fromage est une belle à qui il manque un œil. (Brillat-Savarin)
沒有乳酪的點心，就像缺一隻眼的美人。（薩瓦漢）

➠ Un homme qui ne boit que de l'eau a un secret à cacher à ses semblables. (Baudelaire)
只喝白開水的人有如一位不把祕密告訴熟人的人。（波特萊爾）

➠ Pas de restaurants. Moyen de se consoler : lire des livres de cuisine. (Baudelaire)
沒館子可去。自我安慰的方式是：看食譜。（波特萊爾）

➠ Comment voulez-vous gouverner un pays où il existe 258 variétés de fromage ? (Charles de Gaulle)
您要如何治理一個有 258 種乳酪的國家？（戴高樂）
（暗指法國）

➠ Si vous n'êtes pas capable d'un peu de sorcellerie, ce n'est pas la peine de vous mêler de cuisine. (Colette)
如果您不懂一點巫術，那您最好就不要下廚。（柯蕾特）

07 ▶ Vin／酒

➥ A votre santé !
祝您身體健康！

➥ Tchin, tchin !
乾杯，乾杯！

★ 酒是法國文化的一部分，表示喝酒過多或喝醉相關的詞句不勝枚舉：

➥ Boire avec excès
飲酒過量

♥ Boire comme une éponge
喝得像塊海綿吸水似的

♥ Boire comme un Polonais
像波蘭人一樣喝酒

♥ Boire comme un Suisse
像瑞士人一樣喝酒

♥ Boire comme un trou
喝得像個無底洞似的

➥ Complètement soûl
大醉

❤ Rond comme une balle
醉醺醺得像顆皮球似的

❤ Rond comme une boule
醉醺醺得像顆硬球似的

❤ Rond comme un œuf
醉醺醺得像顆蛋似的

❤ Rond comme une pomme
醉醺醺得像顆蘋果似的

❤ Rond comme un zéro
醉醺醺得像零鴨蛋似的

❤ Soûl comme un âne
醉得像隻驢子

❤ Soûl comme un cochon
醉得像隻豬似的

❤ Soûl comme une grive
醉得像隻候鳥似的

❤ Soûl comme un Polonais
醉得像個波蘭人

❤ A la tienne, Etienne !
祝你身體健康，愛提安！

➡ Il est gris.
他醉茫茫的。

➡ Il est ivre.
他喝醉了。

➡ Il est soûl.
他醉醺醺的。

❤ Il est bourré.
他喝醉了。

❤ Il a la gueule de bois.
他已宿醉了。

❤ Il a un verre dans le nez.
他八分醉了。

08 Souhaits, Félicitations ／希望，祝福 ▶MP3-08

➡ Félicitations !
恭喜！

➡ Mes compliments !
請接受我的祝賀！

➡ Chapeau !
恭喜！（＝太棒了！）

★在工作上鼓勵對方：

➡ Bon courage.
加油。

➡ Bonne chance.
祝好運。（有時講「♥ Merde !」，因為這帶來好運。）

➡ Bonne continuation.
繼續努力。

➡ Bon succès.
祝你成功。

➡ Bon travail.
祝工作順利。

★有朋自遠方來時可說：

➡ Bienvenu(e).
歡迎。

➡ Amusez-vous bien.
祝您玩得愉快。

★可俏皮地說：

➡ Sois sage !
要乖哦！

➡ Bon séjour.
祝你停留期間愉快。

★友人要去渡假時：

➡ Bon voyage.
祝你旅途愉快。

➡ Bon week-end.
祝週末愉快。

➡ Bonnes vacances.
祝假期愉快。

★敬酒時可說：

➡ A votre santé.
祝您身體健康！

➡ A votre bonheur.
祝您幸福。

➡ A vos amours.
祝您們的愛情順利。

➡ A votre succès.
祝您成功。

★節慶（賀卡）常用：

➡ Bon (Joyeux) anniversaire.
生日快樂。

➡ Joyeux Noël.
耶誕快樂。

➡ Bonne fête.
節慶快樂。

➡ Bonne année.
新年快樂。

★ 探病時常用：

➡ Guéris vite.
祝早日康復。

➡ Repose-toi bien.
好好休息。

➡ Soigne-toi bien.
好好休養。

09 ▶ Remerciement／道謝　　　▶ MP3-09

✦ Merci infiniment.
感激不盡。

✦ Merci mille fois.
非常感謝。

➡ Merci bien.
真感謝。

➡ Je te (vous) remercie.
我向你（您）致謝。

➡ Merci beaucoup.
多謝。

➡ C'est gentil.
真是太好了。

♥ C'est sympa.
真是太好了。

➡ Je suis gâté(e).
我真是受寵若驚。

➡ Je suis flatté(e).
我有點受寵若驚。

➡ Ça ne se fait pas chez nous.
在我們那裡不流行這一套。

➨ Il ne fallait pas.
不敢當。（對方送禮時）

➨ Tu n'aurais pas dû.
你不該這麼客氣嘛。（對方送禮時）

★向他人道謝時應回答：

✦ C'est la moindre des choses.
這不過小事一椿。

✦ Je suis à votre disposition.
不客氣。

✦ A votre service.
不客氣。

➨ (Pas) du tout.
一點也不。

➨ Pas de quoi.
沒什麼。

➨ Il n'y a pas de quoi.
沒什麼。

➨ De rien.
哪裡。

➡ Ce n'est rien.
這不算什麼。

➡ Je t'en prie.
請別客氣。

➡ Pareillement.
彼此彼此。

➡ Vice versa.
彼此彼此。

10 ▶ S'excuser ／道歉　　　　　▶ MP3-10

★ 除了 Excuse(z)-moi 外，我們還可以這麼說：

✦ Je suis navré(e).
我很抱歉。

➡ Je suis désolé(e).
我很抱歉。

➡ Pardon.
對不起。

➡ Je n'ai pas fait exprès.
我不是故意這麼做的。

★ 為人緩頰時說：

➡ C'est pas grave.
沒那麼嚴重。

➡ Ce n'est pas de ta faute.
這不是你的錯。

➡ Ça n'a pas d'importance.
這不要緊。

➟ Il n'y a pas de mal.
這沒什麼不好。

➟ Ce n'est rien.
沒什麼。

➟ Je ne t'en veux pas.
我不怪你。

➟ Laisse béton. (= Laisse tomber.)
別提了。（＝算了啦。）

➟ On efface tout et on recommence.
不要再提了，我們重新開始吧。

➟ Désolé, mais…
抱歉，但是……

➟ Je suis coincé(e).
我被困住了。（＝我抽不開身。）

➟ Je suis occupé(e).
我很忙。

➟ Je ne suis pas libre.
我沒空。

➟ Je ne suis pas disponible.
我沒辦法抽身。

➡ Je n'ai pas le temps.
我沒有時間。

➡ Ça tombe mal.
真不巧。

➡ Je suis pris(e).
我另外有事。

♥ On a d'autres chats à fouetter.
我們還有別的事要忙。

11 ▶ Au revoir ／再見　　　　　　　　　▶ MP3-11

➡ A tout de suite.
回頭見。

➡ A tout à l'heure.
待會見。

➡ A plus tard.
稍後見。

➡ A un de ces jours. (= A bientôt.)
改天見。（＝後會有期。）

➡ A la prochaine.
下回見。

➡ A bientôt !
後會有期！

➡ A tantôt.
再見。

➡ Adieu.
永別了。

➡ Je m'en vais.
我走了。

➡ Bon, j'y vais.
好了，我閃了。

➠ Allez, je vous laisse.
好了，我不管你們了。

➠ Il faut que je parte.
我得走了。

➠ Il faut que j'y aille.
我得走了。

➠ Vous partez ?
您要走啦？

➠ On se téléphone ?
再通電話聯絡囉？

➠ On se rappelle ?
再打電話聯絡吧？

♥ A la revoyure !
再見啦！

♥ A plus !
掰囉！

♥ Ciao.
再見。（原為義大利文）

♥ Salut.
再見。

♥ Il faut que je file.
我得走人了。

♥ Je me sauve.
我得溜了。

♥ Je me casse.
我要閃了。

♥ Je te fais signe.
我再跟你聯絡。

II

Esprit positif
正能量

01 ▶ Jugement positif ／正評　　　▶ MP3-12

➥ C'est un bricoleur.
這個人很會修修弄弄的。（喻：有本事）

➥ Il est branché.
他很上道。

➥ Il est doué.
他很有天分。

➥ Il est génial.
他很棒。

➥ Il est sympa.
他很討人喜歡。

➥ Elle a du charme.
她挺迷人的。

➥ L'affaire est dans le sac.
事情快成了。

➥ Ça va aller.
會成的。

♥ Elle a du chien.
她滿迷人的。

❤ Elle est chouette.
　她不賴。

❤ Elle est cool.
　她好酷。

02 Complimenter quelqu'un ／誇獎某人 ▶ MP3-13

➡ Formidable !
太棒了！

➡ C'est chic.
真帥。

➡ C'est génial.
太棒了。

➡ C'est impeccable.
真是零缺點。

➡ C'est vraiment bien !
真的很好！

➡ Continue comme ça.
就繼續這樣。

➡ Vous avez bonne mine.
您臉色不錯。

➡ Vous êtes ravissant(e).
您容光煥發。

➡ T'as bien fait.
做得好。

➡ Vous n'avez pas changé.
您都沒變。

➡ On ne peut rien vous cacher.
沒人瞞得過您。

♥ C'est extra.
這太棒了。

♥ C'est succulent !
真美味！

♥ C'est délicieux !
真好吃！

03 ▶ Être d'accord ／同意 　　　　▶ MP3-14

★ Être d'accord　同意

✦ Je partage votre opinion.
我贊成您的意見。

✦ Je suis de votre opinion.
我跟您的意見一樣。

✦ Je suis de votre avis.
我同意您的看法。

➡ D'accord. (= OK)
好。

➡ Bonne idée.
好主意。

➡ C'est parfait.
太完美了。

➡ C'est vrai.
確實如此。

➡ C'est exact.
完全正確。

➡ Tu as raison.
你說得對。

➡ Il n'y a pas d'erreur.
沒有錯。

➡ Je ne dis pas non.
我不反對。

➡ Effectivement.
的確是如此。

➡ Tout à fait.
完全正確。

➡ Exactement.
確實。

➡ Mais oui.
當然囉。

➡ Bien sûr.
當然。

➡ C'est super.
真棒。

➡ C'est superbe.
帥呆了。

➡ C'est sympa.
真不錯。

➡ Chouette.
真棒。

➡ Entendu.
好的。

➡ Pas de problème.
沒問題。

➡ Volontiers.
非常樂意。

➡ Avec paisir.
很樂意。

➡ Comme je vous le dis !
就像我跟您說的！

♥ Il y a intérêt ! (= C'est ce qu'il y a de mieux à faire.)
這樣做準沒錯！

♥ D'acc !
好的！

★ Pas d'accord 不同意

➡ Je ne suis pas d'accord.
我不同意。

➡ C'est pas juste.
這不對。

➡ C'est faux.
錯。

➡ Tu as tort.
你錯了。

➡ Je suis contre.
我反對。

04 ▶ Contentement ／滿意　　▶ MP3-15

★ Contentement　滿意

➡ Je suis content(e).
我很滿意。

➡ Je suis heureux(euse).
我很開心。

➡ Je suis ravi(e).
我真高興。

➡ J'ai tout pour être heureux(euse).
我有好多好多快樂的理由。

➡ Ça me plaît.
這我喜歡。

➡ Ça ne me déplaît pas.
我滿喜歡的。

➡ C'est gagné.
贏定了。（＝搞定了。）

➡ Je n'attendais que ça !
我就等這個！

➡ Y a pas mieux !
沒有比這更棒的了！

♥ Wah, le pied !
哇，超讚！

♥ Génial, super, géant, à l'aise !
太棒了，帥呆了，棒透了，搞定了！

♥ Elle boit du petit lait.
她洋洋得意。

★ **Mécontentement 不滿意**

➡ Je suis mécontent(e).
我不滿意。

➡ C'est loin d'être satisfaisant.
太不滿意了。

05 Désir ／欲求　　　　　▶ MP3-16

✦ Je désire…
我想要……

➡ Je voudrais…
我想要……

➡ Je souhaite…
我希望……

➡ Je cherche à…
我想……

➡ Je tiens à…
我堅持……

➡ Je préfère…
我比較喜歡……

➡ J'aimerais bien…
我好想……

➡ Ça me dit.
我滿有興趣的。

➡ J'ai envie de…
我很想要……

➡ Ça me donne envie de…
這讓我很想要……

➡ J'ai besoin de…
我需要……

➡ Ça me ferait plaisir de…
我很樂意……

➡ Volontiers.
樂意之至。

➡ Je veux bien.
我很樂意。

➡ Ça me dit bien.
我滿願意的。

♥ C'est tentant.
這很誘人。

06 ▶ Amusant ／有趣　　　▶ MP3-17

➥ C'est intéressant.
這很有趣。

➥ C'est drôle.
真有趣。

➥ C'est marrant.
真妙。

➥ C'est rigolo.
好好笑。

➥ C'est chouette.
太棒了。

➥ C'est pas mal.
還不錯（嘛）。

➥ C'est pas bête.
不賴嘛。

➥ C'est impayable !
這有錢也買不到！

♥ C'est poilant !
太搞笑了！

♥ C'est hilarant !
真爆笑！

❤ C'est bidonnant !
太驢了！

❤ C'est crevant !
笑死人了！

❤ C'est gondolant !
真讓人笑破肚皮！

❤ C'est un type drôle.
這傢伙很奇特。

❤ C'est un numéro.
他是一絕。

07 ▶ Rire, moquerie ／笑，嘲笑　　▶ MP3-18

➡ Tu as le mot pour rire.
你真會說笑。

➡ C'est drôle.
這可好玩了。

➡ C'est fin.
哼，真陰險。

➡ C'est spirituel.
（嘲諷）真有水準。

➡ C'est malin.
真奸詐。

➡ C'est pour rire.
開玩笑的。

➡ C'est à éclater de rire.
這真讓人爆笑。

➡ C'est à hurler de rire.
真是笑翻天了。

➡ C'est à mourir de rire.
這真笑死人了。

➡ C'est à s'écrouler de rire !
笑翻了！

➡ Ça me fait rire aux larmes.
我都要笑出淚來了。

➡ Je te taquine.
我跟你鬧著玩的。

➡ Tu te moques de moi !
你在嘲笑我！

➡ Tu te fiches de moi !
你在敷衍我！（＝你瞧不起我！）

➡ Il m'a ri au nez.
他嘲笑我。

➡ Il m'envoie promener.
他打發我。

➡ Il m'a monté un bateau.
他開了我一個玩笑。

➡ Laisse-moi rire.
讓我笑個夠吧。

♥ C'est tordant.
真是笑破人家肚皮。

♥ Tu charries !
別鬧了！

❤ Il m'a mis en boîte.
他耍了我。

❤ Tu te fous de moi.
你在耍我。

08 ▶ Chance ／運氣　　　　　　　　　　▶ MP3-19

➡ Quelle chance !
運氣真好！

➡ Tu es né(e) sous une bonne étoile.
你生來命好。

➡ Je touche du bois.
老天保祐。

➡ Quelle surprise !
運氣真好！

➡ Quelle coïncidence !
真巧！

➡ Ouf !
幸好！

➡ Encore heureux !
幸好！

➡ Dieu merci !
感謝上帝！

➡ Tu as laissé passer ta chance.
你錯過大好機會了。

➡ Le meilleur ne vient jamais seul.
禍不單行。

➡ Jamais deux sans trois.
有一就有二，無三不成禮。

➡ C'est un veinard.
他很好命。

➡ Tu as de la veine.
你真好運。

➡ T'es verni.
你真好命。

➡ T'es cocu.
你發了。

➡ T'as une veine de pendu.
你走運了。

➡ T'as du pot.
你運氣真不賴。

➡ Tu as du bol.
你走運了。

➡ T'as la baraka.
你很幸運。

➡ C'est la vie.
這就是命啊。

★ 魁北克較常用：

➡ Tu es chanceux(euse).
你很幸運。

09 ▶ Surprise ／驚奇　　　▶ MP3-20

➡ Je suis surpris(e).
我很驚訝。

➡ Je suis choqué(e).
我很詫異。

➡ Je suis étonné(e).
我很訝異。

➡ Je suis sous le choc.
我嚇了一跳。

➡ Je n'en reviens pas.
我不能接受這件事。

➡ Je n'en crois pas mes yeux.
我不相信竟然有這種事。

➡ Pince-moi. Je rêve !
掐我一下。我（不是）在做夢吧！

➡ Je suis épaté(e).
我好驚訝。

➡ Tu me prends de court.
你真把我給嚇到了。

➡ Je tombe de haut.
我嚇了一跳。

➡ C'est pas vrai !
這不是真的！

➡ C'est pas possible !
這不可能吧！

➡ Incroyable !
真不敢相信！

➡ Ça alors !
天哪！

➡ Quoi ? Tu rigoles ?
什麼？你在開玩笑吧？

➡ Tu blagues !
你愛說笑！

➡ Franchement ?
沒騙人吧？

➡ Quelle surprise !
好驚訝！

➡ C'est surprenant de sa part.
她讓人滿驚訝的。

➡ Je suis baba.
我愣住了。

➠ Il reste stupéfait.
他愣住了。

➠ Il est resté bouche bée.
他張口結舌了。

10 ▶ Facile ／容易 ▶ MP3-**21**

➡ C'est un jeu d'enfant.
這是小孩子的把戲。

➡ Ce n'est pas compliqué.
這不複雜。

➡ C'est pas dur.
這不難。

➡ Ça saute aux yeux.
這一目了然。

➡ Il le connaît comme sa poche. (= Il le connaît par cœur.)
他太了解他（它）了。

➡ C'est dans la poche !
跑不掉了啦！

➡ Il le connaît sur le bout des doigts.
他對他（它）瞭如指掌。

➡ C'est sans-souci !
不用擔心！

➡ C'est une femme facile.
這馬子很容易上鉤。

♥ C'est du billard !
這太簡單了！

❤ C'est du gâteau.
這是件輕鬆愉快的事。

❤ Je me la coule douce.
我有好日子過了。

❤ C'est peinard.
這不累人。

❤ C'est tranquille !
這很輕鬆啦！

❤ Ce n'est pas la mer à boire.
這不難。

❤ Ce n'est pas coton.
這不難。

11 Amour／愛　　MP3-22

➠ Il est fou de Sophie.
他很迷蘇菲。

➠ Il est sous le charme de Sophie.
他被蘇菲迷住了。

➠ Il a un faible pour Sophie.
他拿蘇菲沒輒。

➠ Il a trouvé son âme sœur.
他找到了他的白雪公主。

➠ Elle a trouvé chaussure à son pied.
她找到了合她意的男人。

➠ C'est un coup de foudre.
這是一見鍾情。

➠ Elle l'a laissé tomber comme une vieille chaussette.
她毫不吝惜地把他當舊襪子給甩了。

➠ Il a une peine de cœur.
他失戀了。

➠ "Ne me quitte pas"
〈別離開我〉 （Jacques Brel 所唱的一首歌名）

➠ Les femmes ne sont jamais trop chouchoutées.
女人絕不嫌被多愛一些。

❤ Sa nana est super sympa.
他馬子超友善的。

❤ "Mon mec à moi"
〈我的杏子〉（Patricia Kaas 所唱的一首歌名）

❤ C'est sa blonde.
這是他馬子。（魁北克人的說法）

❤ mon chum
我的杏子（魁北克人的說法）

❤ Mon chéri, ma chérie.
親愛的（男），親愛的（女）。

★ 法文裡常以動物名或蔬菜名作為暱稱：

❤ mon chat（小貓）, mon lapin（小兔）, mon loulou（露露）,
mon loup（小狼）, mon ours（小熊）, mon chou（小白菜）,
mon coco（寶貝）, ma biche（小鹿）, ma colombe（小鴿
子）, ma poule（小雞）, ma puce（小跳蚤）, ma cocotte（寶
貝）

❤ Elle l'a plaqué.
她把他甩了。

♥ Elle l'a largué.
她把他甩了。

♥ Je t'aime un peu.
我有點愛你。

♥ Je t'aime beaucoup.
我很愛你。

♥ Je t'aime passionnément.
我熱烈地愛著你。

♥ Je t'aime à la folie.
我瘋狂地愛你。

♥ Je ne t'aime pas du tout.
我一點也不愛你。

♥ Je ne tiens qu'à toi.
我只在乎你。

♥ Tu me plais.
我喜歡你。

♥ T'as de beaux yeux, tu sais ?
你的眼睛很美，你知道嗎？（電影台詞）

♥ Je t'aime.
我愛你。

❤ Tu me manques. (= Je pense à toi.)
我想你。

❤ Cette nana, je me la fais !
這馬子，我要上她！

❤ Tu te l'ai tapée ? (= Tu te l'ai faite ?)
你上了她嗎？

❤ On l'a sautée.
人家上了她。

❤ Ouais, elle est passée à la casserole.
是呀，她已經被炒了。

III

Esprit négatif
負面情緒

01 Jugement négatif ／負評 ▶MP3-23

➡ Il est borné.
他眼光真短淺。

➡ Il est collant.
他好黏人。

➡ Il est constipé.
他很龜毛。

➡ C'est un emmerdeur.
惹人厭的傢伙。

➡ Il est insolent.
他很無禮。

➡ Il est impénétrable.
他很難溝通。

➡ Il est macho.
他很大男人。

➡ Il est maso.
他是個自虐狂。

➡ Il est sadique.
他是個虐待狂。

➡ Il est paranoïaque.
他是個偏執狂。

➡ Il est pervers.
他很邪惡。

➡ Il est polisson.
他好色。

➡ Il est prétentieux.
他很自以為是。

➡ Il est radin.
他很小氣。

➡ C'est un râleur.
他很愛抱怨。

➡ Il est sec.
他很無情。

➡ Il est snob.
他很虛榮。

➡ Il est vache.
他很爛。

➡ C'est un casse-pieds.
他很惹人厭。

➡ C'est un ours.
他獨來獨往。

➡ C'est un cochon.
他很好色。

➡ Il n'est pas très clair.
他的態度挺曖昧的。

➡ Il n'est pas très net.
他的態度曖昧不明的。

➡ Il est toujours dans la lune.
他迷迷糊糊的。

➡ Il a un esprit mal placé. (= C'est un obsédé.)
他腦子有病。（＝這個人是個變態。）

➡ C'est un charlatan.
他是個騙子。

➡ C'est un chaud lapin.
他是花花公子。

➡ C'est un dragueur.
他很愛搭訕。

➡ C'est un faux-jeton.
他很虛偽。

➡ C'est un fainéant.
他很懶惰。

➡ C'est un frimeur.
他很臭屁。

➡ C'est une grande gueule.
他是個大嘴巴。

➡ C'est un homme à femmes.
這個人很有女人緣。

➡ C'est un m'as-tu-vu.
他很愛現。

➡ C'est un pique-assiette.
他很愛白吃白喝。

➡ C'est une poubelle.
他是個垃圾桶，什麼都吃。

➡ C'est un rétrograde. (= un rétro)
他很落伍。

➡ Il est sale.
他好髒。

➡ Elle est aguichante.
她很愛挑逗人。

➡ Elle est coquette.
她很愛美。

III
負面情緒

➡ Elle est dépensière.
她很愛花錢。

➡ Elle est hystérique.
她很歇斯底里。

➡ Elle est nymphomane.
她是個花痴。

➡ C'est un vamp.
她很放蕩。

➡ Elle n'est pas commode.
她很難搞。

➡ Elle a un cheveu sur la langue.
她大舌頭。

➡ C'est une mauvaise langue.
他（她）很愛講別人的壞話。

➡ C'est une langue de vipère.
他（她）說話很毒。

♥ Il est à côté de la plaque.
他滿秀逗的。

♥ Ça me fait chier.
這讓我滿肚子怨氣。

❤ Il me fait suer.
他讓我緊張得冒汗。

❤ Il m'emmerde.
他找我碴。

❤ Il pue le bouc.
他滿嘴大便。

❤ Elle est chiante.
這女生很難搞。

❤ C'est un lèche-cul. (= un lèche-botte)
這是個馬屁精。

III
負面情緒

02 Méfiance ／不信任 ▶ MP3-24

➡ Je me méfie.
我很懷疑。

➡ C'est pas fiable.
這不可靠。

➡ C'est louche.
真詭異。

➡ Ce n'est pas catholique.
這不太誠實。

➡ Ça m'étonnerait.
我滿懷疑的。

➡ C'est pas vrai.
這不是真的。

➡ Je ne le crois pas.
我不相信他。

➡ Sans blague ?
不是開玩笑的吧？

➡ Tu blagues.
你在說笑吧。

➡ Tu plaisantes ?
你在開玩笑吧？

➡ Tu rigoles ?
你在說笑吧？

➡ Mon œil.
我不相信。

➡ Tu parles...
哼……

➡ Penses-tu !
才怪！

➡ J'ai des soupçons, là.
對這件事，我有些懷疑。

➡ Mais non !
才不呢！

➡ T'es sûr(e) de toi ?
你確定你說的？

➡ Tu me fais marcher !
你在耍我！

➡ Qu'est-ce que tu racontes ?
你胡說什麼？

➡ N'importe quoi.
胡說八道。

➡ Je te jure !
我向你發誓！

➡ Franchement…
說真的……

➡ Ça nous met la puce à l'oreille.
這引起我們的疑慮。

03 ▶ J'ai peur !／我很害怕！　　▶ MP3-25

➡ Ça me préoccupe.
我很擔心。

➡ Je suis stressé(e).
我好緊張。

➡ J'ai le trac.
我緊張得牙齒都在打顫。

➡ J'ai une peur bleue.
我被嚇得臉都綠了。

➡ Je suis vert de peur.
我嚇得臉色鐵青。

➡ Je suis paniqué(e).
我被嚇得驚惶失措。

➡ C'est de la panique.
一陣驚慌。

➡ Je suis angoissé(e).
我好焦急。

➡ Quelle horreur !
真嚇人！

➡ Ça me donne la chair de poule.
這真讓人起雞皮疙瘩。

III
負面情緒

➡ Je crains le pire.
我怕還有更糟糕的事。

➡ Ça m'a donné froid dans le dos.
這把我嚇得背脊發涼。

➡ Mes cheveux se sont dressés sur ma tête.
我被嚇得毛骨悚然。

➡ Ouf !
幸好！

♥ J'ai la frousse.
我很緊張。

♥ J'ai la trouille.
我好緊張害怕。

♥ J'ai les foies.
我神經緊繃。

♥ J'ai la colique.
我緊張得想上廁所。

♥ J'ai les chocottes.
我好害怕。

♥ J'ai la pétoche.
我好害怕。

♥ Tu te dégonfles ?
你退縮啦？

♥ Froussard !
膽小鬼！

♥ Dégonflé !
洩氣啦！

♥ C'est un poltron, un couard.
他是個懦夫，是個膽小鬼。

04 ▶ Dépêche-toi !／快點！　　　▶ MP3-26

━ Allez !
快點！

━ Vite !
快！

━ Presse-toi !
快點，好吧！

━ Patience !
忍耐點兒！

━ Doucement.
慢一點。

━ Ce n'est pas pressé.
不急。

━ Prends ton temps.
慢慢來。

♥ Grouilles-toi !
趕快啦！

♥ Dépêche !
快啦！

♥ Tu te traînes ! (= tu traînes)
你拖什麼！

♥ Mais qu'est-ce que tu fous ?
你在胡搞什麼？

♥ T'arrives ou quoi ?
你到底來不來？

♥ Magne-toi le train !
快點動動好嘛！

♥ Magne-toi le cul !
動動你的屁股吧！（＝快點吧！）

♥ Magne-toi le fion !
快點啦！

♥ Magne-toi le popotin !
動動你的屁股吧！（＝快點動動吧！）

♥ T'accouches ?
你在生孩子嗎？

05 ▶ Urgence !／緊急！ ▶ MP3-27

➡ Au secours !
救命啊！

➡ Faites quelque chose !
想點辦法啊！

➡ A l'aide !
來幫忙啊！

➡ Au feu !
失火了！

➡ A l'assassin !
殺人了！

➡ Au voleur !
有小偷！

➡ Attention !
注意！

♥ Fais gaffe !
小心！（但 ♥ faire une gaffe 是指做了一件糗事。）

† Prends garde !
小心！

06 ▶ **Regret** ／後悔　　　　　　　▶ MP3-28

➡ C'est bête.
真糟。

➡ Hélas !
真可惜！

➡ Mince !
糟糕！

➡ Tant pis !
算了！

➡ Zut alors !
完蛋了！

➡ Je regrette.
抱歉。

➡ Je m'en veux.
都怪我自己。

♥ Ah ça, c'est con.
唉，這真蠢。

♥ Je m'en mords les doigts.
我好後悔。

★ 相反則是：

➡ Tant mieux.
那最好。

07 ▶ **Difficile**／挑剔　　　　　　▶ MP3-29

➡ Il aime bien chercher la petite bête.
他愛找人家碴。

➡ Il aime bien chercher des histoires.
他愛找人家麻煩。

➡ C'est pas du gâteau.
這可麻煩了。（可指事或人）

➡ C'est pas évident.
這不單純。

➡ C'est pas facile.
這可不容易。

➡ C'est pas si simple.
這可不那麼簡單。

➡ C'est dur.
這很難。

➡ C'est la galère.
這很累人的。

➡ C'est pas la joie.
這可不好玩。

➡ C'est pas une partie de plaisir.
這可不是鬧著玩的。

III
負
面
情
緒

➥ Je peine.
我很痛（苦）。

♥ Il me fait chier.
他讓我滿肚子大便。

♥ Il est chiant.
他好討厭。

♥ Il me fait suer.
他找我麻煩。

♥ C'est pas de la tarte.
這滿難搞的。

♥ C'est coton.
很難了。

08 ▶ **Ennui & désappréciation** ／無聊和不欣賞 ▶ MP3-30

➡ Aucun intérêt.
沒興趣。

➡ C'est pas terrible.
這不怎麼樣。

➡ C'est moche !
很菜！

➡ C'est nul !
超爛！

➡ Quelle horreur !
糟透了！

➡ Ça manque d'action.
沒什麼動作。（指影片）

➡ Ce n'est pas ma tasse de thé.
這不是我的菜。

➡ Ce n'est pas mon truc.
這不合我胃口。

➡ Ce n'est pas mon genre.
這不合我胃口。

♥ C'est pas mon dada.
這不是我的菜。

❤ C'est con.
真笨。

❤ La barbe !
超無聊的。（雖然女性沒有鬍鬚，還是可以使用這句話。）

❤ C'est barbant.
好無聊。

❤ Quelle barbe !
真乏味！

❤ C'est rasoir !
好無聊！

Du calme ! Du calme !
冷靜！冷靜！

01 ▶ **Rassure-toi !** ／你放心！　　　▶ MP3-31

➡ Ça ira.
沒問題的。

➡ Ce n'est pas dramatique.
這沒什麼大不了的。

➡ Ne t'en fais pas.
別操心。

➡ Ne te fais pas de mauvais sang.
別緊張兮兮的。

➡ Ne t'inquiète pas.
別擔心。

➡ Calme-toi.
冷靜點。

➡ Il n'y aura pas de problème.
不會有問題的。

➡ Écoute, c'est pas la fin du monde.
喂，這又不是世界末日。

➡ Tout s'arrangera.
事情都會解決的。

➡ C'est pas la fin du monde.
這不是世界末日。

➡ Tout va bien.
沒事。

➡ Fais-moi confiance.
相信我。

➡ Je m'en occupe.
我來處理。

➡ Tu as ma parole.
一句話。

➡ Tu peux compter sur moi.
包在我身上。

➡ Ça ne fait rien, on recommence.
沒關係，咱們重新開始。

➡ Ayez confiance en moi.
要對我有信心。

➡ Rassurez-vous.
放心吧。

➡ Pas de nouvelles, bonnes nouvelles.
沒消息就是好消息。

➡ Ne t'affole pas.
別抓狂。

➡ Du calme !
冷靜點！

___

➡ Pas de panique.
別慌。

___

♥ Ça ne fera pas un pli.
不會有事的。

___

♥ Ne te fais pas de bile.
別窮緊張。

___

♥ T'inquiète !
別擔心！

___

02 ▶ **Compréhension**／理解　　　　⏩ MP3-**32**

✦　Je l'ignore.
　　這我沒注意。

➡　Je ne sais pas. (= Chais pas, moi.)
　　我不知道。

➡　Je ne suis pas au courant.
　　我沒聽說過。

➡　Je ne peux pas vous le dire.
　　我無法跟您確定。

➡　Aucune idée.
　　不知道。

➡　Je ne comprends pas.
　　我不懂。

➡　Je ne comprends rien.
　　我完全不懂。

➡　C'est compliqué.
　　這很複雜。

➡　Qu'est-ce que tu racontes ?
　　你在說什麼？

➡　T'as saisi ?
　　你明白了嗎？

➡ Vu ?
明白了吧？

➡ Tu me suis ?
你明白我的意思嗎？

➡ Tu te rends compte ?
你明白其中利害吧？

♥ Je n'ai rien pigé.
我完全不清楚。

♥ Tu dis quoi, là ?
你說什麼來著？

03　Indécis ／不確定　▶ MP3-33

➡ Je ne sais pas encore.
我還沒決定。

➡ Ça dépend...
看情形⋯⋯

➡ Je vais voir...
我再看看⋯⋯

➡ Je vais réfléchir.
我再考慮一下。

➡ On verra...
再說⋯⋯

➡ J'hésite.
我還在猶豫。

➡ C'est pas sûr…
不確定⋯⋯

➡ Qui vivra verra !
留得青山在，不怕沒柴燒！

➡ Euh…
嗯⋯⋯

➡ Eh ben…
嗯⋯⋯

IV
冷靜

➡ Ouais… (je vais voir…)
　好……（我再看看……）

➡ Ça reste indécis.
　目前仍未決定。

04 Indifférence ／不在乎 ▶ MP3-34

➡ Ça ne me dit pas grand-chose.
我對這沒什麼興趣。

➡ Ça m'est égal.
我都可以。

➡ Ça ne me fait ni chaud ni froid.
這對我無關痛癢。

➡ Ça ne me regarde pas.
這不關我的事。

➡ Bof !
管它的！

➡ Peu importe !
無所謂！

➡ Pourquoi pas ?
有何不可？

➡ Je m'en moque (royalement).
我才不甩呢。

♥ Je m'en fiche.
我才不管。

♥ Je m'en fous.
我不在乎。

IV
冷
靜

♥ Je m'en bats l'œil.
我懶得去理會。

♥ Je m'en balance.
管它去死。

♥ C'est pas mes oignons.
這不干我的事。

05 ▶ **Résignation** ／讓步　　　▶ MP3-35

➡ C'est comme ça.
就是這樣。

➡ C'est la vie !
這就是人生！

➡ Je n'ai rien à dire.
我無話可說。

➡ Plus ça change, plus c'est pareil.
改來改去還不都一樣。

➡ Les jeux sont faits.
木已成舟。

➡ C'est pas tous les jours dimanche !
哪能天天放假啊！

➡ Ce qui est fait est fait.
生米已煮成熟飯了。

➡ C'est la faute à pas de chance.
都怪運氣不好。

➡ On ne peut pas tout avoir.
不可能擁有一切的。

➡ N'insistez pas.
別堅持了。

➡ Ne vous fatiguez pas.
別自找罪受了。

➡ Inutile de se battre.
不用再堅持了。

➡ Soit.
罷了。

➡ Bon, ben.
好吧。

➡ Ça ne donnerait rien.
這不會有結果的。

➡ Qu'est-ce que ça peut faire ?
這又有什麼用？

➡ Qu'est-ce que ça peut changer ?
這又能改變什麼？

➡ Que voulez-vous ?
您能怎麼辦？

➡ C'est des choses qui arrivent.
這種事情難免會發生的。

➡ Ça arrive, hein.
難免會發生這種事的啦。

♥ Je donne ma langue au chat.
我不猜了。

V

Ça m'énerve.
真氣人。

01 ▶ Tu es fou (folle) ! ／你（妳）瘋了！　▶MP3-36

➡ Ça va pas, non ?
秀逗了？

➡ Elle est complètement chiffonnée.
她簡直是瘋了。

➡ Il est mentalement dérangé.
他精神有問題。

➡ Il est fou-fou.
他有點瘋瘋癲癲的。

➡ Il est fada.
他很阿達。

➡ Il est toc-toc.
他秀逗秀逗的。

➡ Il est loufoque.
他瘋瘋癲癲的。

➡ Il est dingo.
他很秀逗。

➡ Il a perdu l'esprit.
他頭腦不清了。

➡ Il délire.
他瘋了。

♥ Il est débile, ce type.
這傢伙，他瘋了。

♥ Ce clochard est cinglé.
這流浪漢瘋了。

♥ Il est timbré.
他是神經病。

♥ Il est taré.
他秀逗了。

♥ Il est barjot.
他腦袋有毛病。

♥ Il est fêlé.
他瘋了。

♥ Il est maboul.
他是瘋子。

♥ Il a une araignée dans le plafond.
他精神有點不正常。

♥ Il est sonné.
他短路了。

♥ Il est tapé.
他不太正常。

❤ Il est cinoque.
他神經錯亂了。

❤ Il est azimuté.
他瘋了。

❤ Il est frappé.
他短路了。

❤ Il est détraqué.
他精神不正常。

❤ Il est dérangé.
他失常了。

❤ Il a perdu la boussole.
他神經錯亂了。

❤ C'est dingue !
真是瘋了！

❤ C'est la folie !
簡直瘋了！

02 Répugnance／討厭 ▶ MP3-37

➡ Je ne veux plus le voir.
我不要再見到他。

➡ Je l'ai assez vu(e).
我已經看夠他了。

➡ On n'a rien à se dire.
我們沒什麼好說的。

➡ C'est dégoûtant !
真是倒胃口，噁心極了！

➡ C'est écœurant !
好噁心！

➡ C'est affreux.
噁心。（＝太糟糕了。）

➡ C'est horrible.
好可怕。

➡ C'est abject.
真下流。

➡ C'est répugnant.
好噁心。

➡ C'est infâme.
真無恥。

➡ C'est ignoble.
這太小人了。

➡ C'est atroce.
真要命。

♥ Je ne peux pas le sentir. (= Je le déteste.)
我對他沒感覺。

♥ Je ne peux pas le digérer.
我無法接受他。

♥ Je ne peux pas l'avaler.
我對他很感冒。

♥ J'ai mal encaissé.
我很難忍受。

03 ▶ Déception ／失望

➡ Je suis déçu(e).
我很失望。

➡ Hélas !
唉！

➡ C'est décevant.
真令人失望。

➡ Je suis désappointé(e).
我好失望。

➡ Tant pis !
算了！

➡ Qu'est-ce que j'ai fait au bon Dieu ?
我招誰惹誰了？

➡ Il m'a fait marcher.
他耍了我。

➡ On m'a arnaqué.
有人耍了我。

➡ Je me suis fait escroqué.
我被騙了。

♥ Ça m'a défrisé(e).
這讓我超不爽的。

❤ J'ai pris une douche.
我被澆了一盆冷水。

❤ Je me suis fait avoir.
我被騙了。

❤ Je me suis fait entubé.
我被算計了。

❤ Je me suis laissé couillonné.
我中計了。

❤ On m'a bluffé(e).
有人唬了我。

04 ▶ **Reproches**／責備　　▶ MP3-39

➡ Il m'a fait un reproche.
他責備了我一頓。

➡ Je m'en veux.
都怪我自己。

➡ Il ne faut pas filer à l'anglaise.
別不告而別。

➡ Ce n'est pas catholique.
這不太道德。

➡ C'est trop tard.
太遲了。

➡ T'as pas honte !
你不覺得羞恥嗎！

➡ Vous ne devez pas faire ça.
您不該這麼做。

➡ Tais-toi.
閉嘴。

➡ Tu ne fais jamais rien pour les autres.
你從來不幫別人的忙。

➡ Tu es égoïste.
你太自私了。

♥ Il m'a passé un savon.
他刮了我一頓鬍子。

♥ J'ai passé un mauvais quart d'heure.
我被削了一頓。

♥ C'est vache.
太卑鄙了。

♥ Ta gueule !
閉上你的狗嘴！

05 Ah non !／啊不！　▶ MP3-40

➡ C'est pas possible.
這不可能。

➡ C'est dommage.
真可惜。

➡ Désolé(e).
抱歉。

➡ Je suis navré(e).
我很抱歉。

➡ Jamais de la vie !
休想！

➡ Je ne peux pas.
我不能。

➡ C'est aberrant.
這太離譜了。

➡ Ce n'est pas une raison.
這不是理由。

➡ C'est absurde.
這太荒謬了。

➡ Je ne veux pas.
我不願意。

➠ Non, un point c'est tout.
不，就是不。

➠ Tu n'y penses pas !
你休想！

➠ Penses-tu !
你想得美！

➠ Je m'en fiche.
我才不管。

➠ Ça ne me dit rien.
這我可沒興趣。

➠ C'est toi qui le dis.
是你說的。（＝我可沒這麼說。）

➠ Pas du tout.
一點也不。

➠ Pas question.
免談。

➠ Hors de question !
別提了！

➠ N'importe quoi !
胡說八道！

➡ Absolument pas.
絕不。

➡ Je ne suis pas d'accord.
我不同意。

➡ Chacun ses goûts. (= Les goûts et les couleurs…)
人各有所好。

➡ C'est bête.
糟糕。

♥ Je m'en fous.
我不在乎。

06 ▶ J'accuse !／我控訴！　　　◖▶ MP3-41

➡ C'est pas juste.
這不公平。

➡ Tu te trompes.
你搞錯了。

➡ T'as tort.
你錯了。

➡ C'est (de) ta faute.
這是你的錯。

➡ La honte !
不要臉！

➡ T'as pas honte, non ?
你不覺得丟臉，不是嗎？

➡ C'est fou.
太離譜了。

➡ Quel culot !
好大膽！

➡ Quelle audace !
好大的膽子！

➡ C'est scandaleux.
這太過分了。

➡ C'est un scandale.
這太過分了。

➡ C'est faux.
這不對。

➡ Mais non.
當然不。

➡ Tu mens !
你撒謊！

♥ C'est du chiqué !
這是裝出來的！

♥ C'est quoi ton cirque, là ?
你在搞什麼把戲？

♥ Arrête ton numéro !
別耍寶了！

♥ Fais pas ton cinéma, ça prend pas avec moi.
別演戲了，我可不吃你那一套。

♥ C'est un bobard.
吹牛大王。

♥ Tu fabules !
你吹牛！

V
真
氣
人

07 ▶ **Menace** ／威脅　　　▶ MP3-**42**

➡ Haut les mains !
雙手舉起來！

➡ Arrête !
停！

➡ Tu oses !
你敢！

➡ Ne te moque pas de moi.
別小看我。

➡ On verra !
咱們走著瞧！

➡ Tu vas voir !
你給我走著瞧！

➡ Il y a quand même des limites.
總有個限度吧。

➡ Tu ferais mieux de te taire.
你最好閉嘴。

♥ Je te casserai la figure.
我打爛你的臉。

♥ Je te casserai la gueule.
我會揍扁你的嘴。

❤ On va te foutre dehors.
我要把你攆出去。

❤ Je te mettrai en miettes.
我會把你揍得稀爛。

❤ Ne pousse pas.
別催。

❤ Fais gaffe à ce que tu dis.
你說話給我小心點。

❤ Tu vas voir ce que tu vas voir.
你給我走著瞧。

❤ Tu vas voir ta gueule !
小心你的臉！

V
真氣人

08 ▶ Va-t'en !／滾！　　　◆MP3-43

➠ Laisse-moi tranquille.
讓我靜一靜。

➠ La porte.
出去。

♥ Fiche-moi (= Fous-moi) la paix.
別吵我。

♥ Casse-toi.
滾。

♥ Fous le camp.
滾。

♥ Dégage !
走開！

♥ Donne-moi de l'air !
閃邊涼快去！

♥ Vire de là !
閃開！

♥ Ote-toi de là !
給我消失！

❤ Tire-toi !
走開！

❤ Va te faire foutre !
給我滾！

09 ▶ Juron ／髒話　　　　▶ MP3-44

➡ Zut !
完了！

➡ Mince !
糟糕！

➡ Mercredi. (= ♥ Merde !)
狗屎。

➡ Obsédé.
變態。

➡ Nom d'un chien !
該死！

➡ Voleur !
土匪！

➡ Assassin !
殺人犯！

➡ Peau de fesse !
混帳！

➡ Imbécile !
王八蛋！

➡ Crétin !
混蛋！

❤ C'est quoi ce bordel ?
這是怎麼搞的？

❤ Pétasse !
婊子！

❤ Pédé !
玻璃！

❤ Connard !
混蛋！

❤ Ordure.
垃圾。

❤ Va te faire enculer !
幹！

❤ Va te faire foutre !
幹！

❤ Fils de pute !
婊子養的！

❤ Merde !
狗屎！

❤ Putain !
媽的！（法國南部較常用）

♥ Chier !
狗屎！

♥ Salaud !
下流胚子！

♥ Salope !
賤貨！

♥ Saloperie.
下流。

♥ Sale con !
混蛋！

♥ Vieux con !
老混蛋！

† Goujat !
粗魯的傢伙！

† Mufle !
粗魯的傢伙！

† Bigre !
該死！

VI
Etat d'âme
身心狀態

01 État physique ／身體狀況 ▶ MP3-45

➡ Il a la pêche.
他神采奕奕（像顆鮮桃似的）。

➡ Il est relax. (= Il est décontracté.)
他滿悠哉的。

➡ Il est serein.
他神態自若。

➡ Il est détendu.
他心情挺輕鬆的。

➡ Il n'est pas en forme.
他身體狀況不是很好。

➡ Il est souffrant.
他身體不舒服。

➡ J'ai une crampe.
我抽筋了。

➡ Il a mal au dos.
他背痛。

➡ Il a mal à la tête.
他頭痛。

➡ Il a mal aux oreilles.
他耳朵痛。

➡ Il a mal aux yeux.
他眼睛痛。

➡ Il est myope.
他近視眼。

➡ Il ne va pas très bien.
他身體不太舒服。

➡ Il a mauvaise haleine.
他有口臭。

➡ Elle a fait fausse couche.
她流產了。

♥ Il est pépère.
他滿愜意的。

♥ Il est peinard.
他滿悠哉的。

♥ Il est cool.
他滿輕鬆愉快的。

02 Déprime ／沮喪　　　　　　　　▶ MP3-46

➼ Je suis déprimé(e).
我很沮喪。

➼ J'ai le cafard.
我心情很糟。

➼ J'ai des idées noires.
我很悲觀。

➼ Je n'ai pas le moral.
我士氣低落。

➼ C'est assez frustrant.
滿掃興的。

➼ C'est démoralisant.
真令人沮喪。

➼ C'est déprimant.
心情真是盪到谷底。

➼ J'ai le moral à zéro.
我的心情沉到谷底。

➼ Je nage en pleine déprime.
我的心情糟透了。

➼ Il n'est pas dans son assiette.
他很鬱卒。

➠ Il n'est pas bien dans sa peau.
他挺不自在的。

➠ Ça ne va pas du tout.
一點都不好。

♥ Ça me fout en l'air.
我快煩死了。

03 ▸ **Grosse fatigue**／極度疲勞　　◉MP3-**47**

➡ Je suis fatigué(e).
我好累。

➡ Je suis épuisé(e).
我累垮了。

➡ Je suis crevé(e).
我累斃了。

➡ Aie ! Je baille sans arrêt.
唉！我老是打哈欠。

➡ Je suis las(se).
我累癱了。

➡ J'ai les jambes comme du coton.
我（累得）腿都發軟了。

➡ Je ne sens plus mes jambes.
我（累得）腿都沒知覺了。

➡ C'est exténuant.
真累人。

➡ C'est épuisant.
好累人。

➡ J'ai un coup de barre.
我累倒了。

➥ Je suis mort de fatigue.
我累死了。

➥ Je suis rompu.
我累癱了。

➥ Je suis rendu.
我太累了。

➥ Je suis éreinté.
我累癱了。

➥ Je suis saturé.
我撐不住了。

➥ Je suis sur les jambes.
我精疲力盡了。

➥ Ça suffit.
夠了！

➥ Assez !
夠了！

VI
身心狀態

♥ J'ai un coup de pompe.
我好累。

♥ Je suis H.S. (= hors service)
我不行了。

♥ Je suis brisé(e).
我累死了。

♥ Je suis vidé(e).
我被掏空了。

♥ Je suis vanné(e).
我累趴了。

♥ Je suis sur les genoux.
我累得要跪下來了。

♥ Je suis sur les rotules.
我好累噢。

♥ C'est claquant.
真讓人累瘋了。

♥ C'est crevant.
真累人。

♥ Je me tue au travail.
我一工作就廢寢忘食。

♥ Je m'esquinte au travail.
我工作過度。

♥ Je me casse en deux pour lui.
為了他我可以把自己拆成兩半。

♥ Te foule pas !
別太賣命了！

♥ Je m'époumone.
我累得喘不過氣來。

04 ▶ J'en ai assez. ／我受夠了。　　　▶ MP3-48

➡ Arrête !
夠了！

➡ Arrête ton cinéma !
別再演了！

➡ J'en ai par-dessus la tête.
我頭快炸了。

➡ Je n'en peux plus.
我受不了了。

➡ C'est insupportable.
真令人受不了。

➡ Pas possible !
不可能！

➡ C'est infernal.
太可怕了。

➡ Je suis à bout.
我到極限了。

➡ Je suis débordé(e) de travail.
工作累得令我受不了。

➡ C'est la panique !
簡直是要命！

➟ C'en est trop !
太過頭了！

➟ J'en ai plein les jambes.
我撐不了了。

➟ Ça suffit !
夠了！

❤ Arrête tes conneries.
少獻醜了。

❤ J'en ai marre.
我受夠了。

❤ J'en ai ras-le-bol.
我快爆了。

❤ J'en ai plein le dos.
我負荷不了了。

❤ J'en ai jusque-là.
我已經到極限了。

VI
身
心
狀
態

★ 在魁北克則流行說：

❤ Je suis tanné(e).
我受夠了。

05 Colère／生氣

⏵ MP3-49

✦ Nous avons eu une discussion bien vive.
我們曾激烈地爭論。

➡ Zut !
該死！

➡ Je suis en colère.
我很生氣。

➡ Je suis fâché(e).
我很憤怒。

➡ Je suis froissé(e).
我很不爽。

➡ Je suis hors de moi.
我氣瘋了。

➡ Je suis furieux(euse).
我氣炸了。

➡ Je suis affolé(e).
我很火大。

➡ Je suis rouge de colère.
我氣得臉都紅了。

➡ Ça m'agace.
這讓我很苦惱。

➡ Ça m'énerve.
這讓我很惱火。

➡ C'est fâcheux.
這真惱人。

➡ C'est énervant.
這很煩人。

➡ C'est rageant.
這真氣人。

➡ C'est agaçant.
這真讓人傷腦筋。

➡ Je ne sais pas quelle mouche t'a piqué.
我不知道你為什麼發那麼大脾氣。

➡ Il m'a fait une scène invraisemblable.
他對我大發脾氣。

➡ Il m'a fait toute une histoire.
他（沒事）跟我找碴。

♥ Zut ! On m'a roulé.
該死！我被耍了。

♥ Je pique une grosse colère.
我勃然大怒。

VI
身心狀態

♥ Je suis furax.
我很火大。

♥ Merde !
幹！

★ 這種狀況下可勸人：

➡ Doucement, doucement !
別發火，別發火！

➡ Du calme.
冷靜點。

➡ Calme-toi.
你冷靜點。

➡ Ne m'en veux pas.
別怪我。

06　**Se souvenir**／回憶　　▶ MP3-50

➡ Je ne me rappelle plus.
我想不起來了。

➡ Je ne m'en souviens pas.
我記不得了。

➡ J'ai complètement oublié.
我忘得一乾二淨了。

➡ Ça m'est sorti de la tête.
腦袋裡一點印象也沒有。

➡ J'ai un trou, là.
我忘光了。

➡ J'ai un trou de mémoire.
我一下子忘了。

➡ Penses-y !
好好想想！

➡ Je connais ce texte par cœur.
我會背這篇文章。

➡ J'ai une mémoire d'éléphant. (= Je suis rancunier.)
我會記仇。

VI
身心狀態

07 Femmes ／女人 　　　　　　　　　　　MP3-51

➡ C'est elle qui porte la culotte.
在家裡掌權的是她。

➡ C'est une lesbienne.
她是女同性戀。

❤ Cette nana est super !
這小妞很正！

❤ Y a une bonne femme qui t'a appelé.
有個女的打電話找你。

❤ J'ai rencontré une minette pas mal foutue.
我遇到了一個不錯的小妞。

❤ Sa nénette est sympa.
他女友滿好的。

❤ Sa gonzesse est hyper cool.
他女友超酷的。

❤ C'est une beauté comme y'en a pas deux.
這是絕色美女。

❤ Tiens ! Voilà sa minette.
喏！那是他女友。

❤ Une poupée te demande.
有個洋娃娃找你。

❤ Une souris est passée pour te voir.
有個小女生來找過你。

❤ C'est une grande perche.
她是根竹竿。（＝又高又瘦）

❤ C'est une sauterelle.
她腿很長。

❤ C'est une grande bringue.
她是傻大姐。

❤ C'est un échalas.
她是根竹竿兒。（＝身材高瘦）

❤ C'est un boudin.
她又肥又矮。

❤ Qu'est-ce qui lui prend ? Elle a ses règles ?
她是怎樣啦？她月經來了哦？

VI
身心狀態

08 Hommes ／男人

▶ MP3-52

➡ C'est un homme de lettres, de plume.
他是個文人。

➡ C'est un homme de troupe.
他很有權威。

➡ Il aime courir les jupons.
他愛把妹。

♥ On y va les gars ?
我們走啦，兄弟們？

♥ Ce mec est très bien.
這傢伙很不賴。

♥ Je ne connais pas ce type.
我不認識這傢伙。

♥ Le bonhomme de l'autre fois est repassé.
上次那傢伙又來了。

♥ Y a un drôle de loustic qui te cherche.
有個怪胎在找你。

♥ Eh coco ! Viens par ici un peu.
喂，小子！過來一下。

♥ Quel pignouf ce mec !
這傢伙亂搞的！

❤ Ce gars-là, c'est mon mec.
這傢伙，他是我的男人。

❤ Quelle armoire à glace.
好寬的肩膀啊。

❤ Il est bien baraqué.
他身材真魁梧。

❤ C'est une femmelette.
他瘦得跟女生一樣。

09 ▶ Tempéraments／性情　　▶MP3-53

➠ Il est d'un calme impérial.
他很淡定。

➠ C'est un doux.
他很溫和。

➠ C'est un battant.
這個人很拼。

➠ Il est inconsistant.
他這個人不可靠。

➠ Il est impatient.
他很沒耐性。

➠ C'est une soupe-au-lait.
這人脾氣暴躁。

➠ Il a les nerfs à fleur de peau.
他很容易發脾氣。

➠ Il a l'œil vif.
他眼光很不錯。

➠ Il est habile.
他很機靈。

➠ Il est très actif.
他很活躍。

➡ Elle bouge tout le temps.
她很好動。

➡ Elle ne tient pas en place.
她坐不住。

➡ Le monde ne lui suffit pas.
世界對他而言太小了。

➡ Il est capricieux.
他反覆無常。

➡ Tu es lunatique.
你糊里糊塗的。

➡ Il est fantasque.
他怪怪的。

➡ C'est un violent.
這是個狠角色。

♥ Il doit battre sa femme.
他八成會打老婆。

10 ▶ **Humeur** ／情緒　　　▶ MP3-**54**

➡ Il est vraiment de mauvaise humeur aujourd'hui.
他今天心情真的很不好。

➡ Il est furieux !
他火冒三丈！

➡ Fais pas la tête !
別激動！（生氣或興奮時都可用）

➡ T'as pas l'air en forme, toi !
你看起來好像不太舒服！

➡ Il n'est pas dans son assiette.
他很不自在。

➡ Elle rechigne tout le temps.
她老是嫌東嫌西。

➡ Arrête de bouder !
別噘嘴了！

➡ Arrête de te plaindre.
別再抱怨了。

➡ Tu protestes ?
你有意見嗎？

➡ Ma mère est en train de rouspéter.
我媽正在發脾氣。

➡ Cet enfant grogne tout le temps.
這孩子嘰哩咕嚕的總是抱怨個不停。

➡ Qu'est-ce qui te mets dans des états pareils ?
你怎麼變成這樣子？

♥ Le dérange pas, il est en pétard.
別吵他，他正火大著呢。

♥ Tais-toi et rame.
閉嘴，走開。

♥ Te fais pas de bile.
別操心。

♥ Tu te fais du mouron.
你自尋煩惱。

♥ Cesse de râler.
別再抱怨了。

♥ Il a le cafard.
他心情低落。

11 ▶ Le corps ／身體　▶ MP3-55

➡ J'ai le pied qui a gonflé.
我的腳腫了。

➡ Ma jambe me lance horriblement.
我的腿又痛又腫。

➡ J'ai mal au ventre.
我肚子痛。

➡ J'ai l'estomac dans les talons.
我肚子好餓。

➡ Il n'a pas fait l'armée : il a les pieds plats.
他沒當過兵：他是扁平足。

➡ Excusez-moi, j'ai mauvaise haleine.
對不起，我有口臭。

➡ Il porte des lunettes depuis l'âge de six ans.
他從六歲起就戴眼鏡了。

➡ J'ai perdu une lentille dans le lavabo.
我有一片隱形眼鏡掉到洗手台裡去了。

➡ Elle a une petite poitrine.
她胸部很小。

➡ Il est tombé dans mes bras et on s'est embrassés.
他倒在我懷裡，然後我們接吻了。

♥ T'as la grosse tête.
你好臭屁。

♥ T'as la bosse des maths, toi.
你是個數學天才。

♥ J'ai un mal de tronche !
我頭痛！

♥ Ta gueule ne me revient pas !
我不想再看到你的嘴臉！

♥ Je vais te foutre un pain dans la gueule.
我要扁你。

♥ Ramène pas ta fraise.
別頂嘴。

♥ Il pue de la gueule.
他這人嘴巴真臭。

♥ Arrête de reluquer les jambes de cette fille !
別再盯著這女孩的腿看！

♥ Il est aux pieds de cette fille.
他拜倒在這女孩的石榴裙下。

VI
身心狀態

mémo

VII

Art et enseignement
文教

01 L'enseignement ／教學　　　　　▶ MP3-56

➡ Il a été recalé à ses examens.
他考試被當了。

➡ Il a raté son bac.
他高中會考沒考上。

➡ C'est un rat de bibliothèque.
他是個喜歡待在圖書館的人。

❤ Il a séché le cours.
他翹課了。

❤ Il s'est planté.
他被當了。

❤ Il a été collé à l'examen final.
他期末考被當了。

❤ Il bosse (= travaille) énormément.
他非常地努力用功。

❤ Le prof nous donne beaucoup de boulot (= travail).
老師給我們很多功課。

❤ As-tu lu ce bouquin (= livre)?
你看過這本書嗎？

❤ Il aime bouquiner (= lire).
他愛看書。

♥ C'est un bûcheur (une bûcheuse) (= une personne qui travaille beaucoup).
他（她）用功得不得了。

★ 在瑞士法語區說：

➡ Il a bédé un examen.
他考試被當了。

★ 常用縮寫字：

➡ le bac (= le baccalauréat)
高中會考

➡ les B.D. (= les bandes dessinées)
漫畫（但 le pédé 是同性戀的意思）

➡ l'exam (= l'examen)
考試

➡ la fac (= la faculté)
大學

➡ l'imper (= l'imperméable)
雨衣

➡ l'info (= l'information)
新聞、消息

VII
文教

➥ l'intello (= l'intellectuel)
學者、知識分子

➥ la kiné (= la kinésithérapie)
物理治療

➥ le labo (= le laboratoire)
實驗室

➥ le livre d'occas (= le livre d'occasion)
二手書

➥ la manif (= la manifestation)
示威

➥ les maths (= les mathématiques)
數學

➥ la météo (= la météorologie)
氣象

➥ la musique pop (= la musique populaire)
流行音樂

➥ la philo (= la philosophie)
哲學

➥ la prépa (= la préparation)
準備

➡ le prof (= le professeur)
老師

➡ la psycho (= la psychologie)
心理學

➡ la pub (= la publicité)
廣告（這可不是英文的「酒吧」！）

➡ le resto-U (= le restaurant universitaire)
學校餐廳

➡ la sécu (= la sécurité sociale)
保險

➡ les sciences-po (= les sciences politiques)
政治學

➡ sympa (= sympathique)
討人喜歡的

➡ la télé (= la télévision)
電視

VII
文
教

02　Film, télévision／影片，電視　▶MP3-57

➡ Qu'est ce qu'il y a ce soir ?
今天晚上有什麼節目？

➡ Change de chaîne !
轉台！

➡ Arrête de zapper.
別一直轉台。

➡ C'est une chaîne privée ou publique ?
這是有線電視還是無線電視？

➡ Pourquoi les émissions chinoises sont toujours sous-titrées ?
為什麼中文節目都打字幕？

★ 法國電視台有：

TF1, France 2, France 3, Canal +, La Cinq, Arte, M6, TV5 Monde.

➡ Le journal télévisé est en direct.
電視新聞是直播的。

➡ Cette émission est en différé.
這節目是事先錄製的。

➥ Il n'y a pas d'entracte au cinéma en France.
在法國，電影沒有中場休息。

➥ J'aime bien les documentaires.
我滿喜歡紀錄片。

➥ Il a tourné pas mal de films.
他拍了不少影片。

♥ Ça coûte un max le ciné.
電影票超貴的。

♥ On va se payer une toile ?
咱們去看場電影吧？

♥ Qu'est-ce qu'il y a au cinoche, ce soir ?
今天晚上有什麼好看的電影？

♥ Je ne regarde pas souvent la téloche.
我不常看電視。

♥ Fais pas ton cinéma, ça prend pas avec moi.
別演了，我不吃你那一套。

♥ On se fait un porno ?
我們看的是三級片嗎？

♥ C'est chiant la pub.
廣告好爛。

VII
文
教

♥ C'est un navet, ce film !
這是部大爛片！

03 Police, brigands ／警方，強盜　▶MP3-58

➡ Le commissariat se trouve à l'angle de la rue.
警察局就在路口。

➡ La police anti-émeute est arrivée en retard.
防暴小組來遲了。

➡ Les casseurs ont tout saccagé.
全都被暴徒給砸爛了。

➡ Le voleur est parti avec une somme de plus de 3 millions.
小偷帶著三百多萬元跑了。

➡ Ils l'ont arrêté et enfermé en cellule.
他們逮捕了他，並送進了監獄。

➡ Cet enfant a passé un an en maison de rééducation.
這孩子在感化院度過了一年。

➡ Les mineurs sont jugés par un juge pour enfants.
未成年人均由青少年法庭法官進行審判。

➡ La police a fait une descente chez un marchand de drogue.
警方到一名毒販那裡進行臨檢。

➡ La Mafia a encore frappé.
黑幫又犯案了。

➡ Les gangsters sont bien organisés.
盜匪的組織相當嚴密。

VII
文
教

➡ Ce matin, la police a procédé à l'arrestation du cerveau de l'affaire.
今天早上，警方逮捕了本案首腦。

➡ Elle l'avait filé pendant toute une semaine.
她跟蹤他一個禮拜了。

➡ La filature avait requis la présence de plus de 50 policiers.
這次的跟監行動耗費了五十名以上的警力。

➡ Il est tombé dans les filets de la police.
他落網了。

➡ Toute une bande est menottée.
這幫人全上銬了。

➡ Elle a suivi sa piste pendant 3 mois.
她已經跟蹤他三個月了。

♥ 22, voilà les poulets !
小心，條子（來了）！

♥ C'est un fin limier.
他是個很精明的警探。

♥ Il s'est fait chopé par les keufs.
他被警探逮了。

♥ Les flics me foutent la gerbe.
條子向我開槍。

❤ Il a tagué le car de police pendant la manif.
他在示威的時候對警車噴了漆。

❤ Il est sorti de taule la semaine dernière.
他上星期才出獄。

❤ Il s'est fait descendre en pleine rue.
他當街被逮。

❤ Elle a buté son petit ami.
她殺了她男朋友。

04 Loisirs ／休閒

▶ MP3-59

➡ La cuisine, c'est mon dada.
我喜歡烹飪。

➡ Lui et la peinture, ça fait deux.
他對繪畫一竅不通。

➡ A part les échecs, il ne connaît rien d'autre qui puisse le distraire.
除了下棋，他沒其他消遣。

➡ On n'a pas de jeux de société à la maison.
我們家沒有桌遊。

➡ Les enfants s'amusent beaucoup avec la caméra de leur père.
小孩很喜歡玩他們爸爸的攝影機。

➡ Il passe des heures ici, penché sur ses mots croisés.
他花好多時間在玩填字遊戲。

➡ Cet été, j'ai fait l'excursion d'une grotte avec un groupe de touristes japonais.
今年夏天，我曾和一群日本觀光客去石洞遊覽。

➡ Tous les dimanches, il bricole son avion téléguidé.
每個星期天，他都會玩他的遙控飛機。

➠ On connaît ceux qui peignent avec leurs pieds, elle, elle sculpte avec ses pieds. Faut le faire !
我聽過有人用腳畫畫，她啊，她可是用腳雕刻，真是了得！

➠ Sa chambre est remplie de puzzle qu'il a fait lui-même.
他的房間裡都是他自己拼的拼圖。

➠ C'est un connaisseur, moi je ne suis qu'un amateur.
他是行家，我呢，我只是玩票性質。

➠ C'est un fan d'Alain Souchon.
他是艾倫蘇雄迷。

➠ Je passe la soirée chez mes parents.
我晚上待在父母家。

➠ Gérard organise une boum, tu viens ?
傑哈開派對，你來不來？

➠ Les discos sont bondés à cette heure.
迪斯可舞廳這個時候可是人滿為患。

➠ On va au théâtre ce soir ?
咱們今晚去看戲吧？

➠ Je n'aime pas trop la pêche, mais j'y vais pour tuer le temps.
我不怎麼喜歡釣魚，去那兒只是為了打發時間。

➠ Il jardine pour se relaxer.
他做園藝來紓壓。

VII
文教

➥ Il aime bricoler dans le garage.
他喜歡在車庫裡修修補補。

➥ Tu aimes quel genre de divertissement ?
你喜歡哪一類休閒活動？

➥ J'aime bien danser en boîte.
我喜歡去夜店跳舞。

➥ Je voudrais récupérer un jour de congé.
我想休一天假。

♥ Le samedi soir, il se soûle la gueule juste pour se marrer.
星期六晚上，他都會為了鬧一鬧而把自己灌醉。

♥ Il se bousille les yeux à force de jouer à ces jeux électroniques.
他打電動玩到把眼睛都弄壞了。

05 ▶ A la fac ／在學校 ▶ MP3-60

➨ Mon cours d'Histoire de la France dure deux heures trente.
我的法國歷史課長達兩個半鐘頭。

➨ La biologie, la physique, la chimie et les mathématiques sont les matières principales du baccalauréat série S.
生物、物理、化學和數學是高中會考理組的基本學科。

➨ Il a fait Sciences-Po. (= Sciences-Politiques).
他學政治學。

➨ C'est un littéraire.
他是學文的。

➨ J'ai un master de japonais.
我有日文碩士文憑。

➨ Il a une licence en droit.
他有法學學士學位。

➨ Je voudrais passer une maîtrise en espagnol.
我想要取得一個西班牙文的碩士學位。

➨ J'aime beaucoup la linguistique.
我很喜歡語言學。

➨ C'est un prof de FLE. (= Français langue étrangère).
他是法語外語教學的老師。

➡ Dans une université, il y a plusieurs facultés.
在一所大學裡，有若干學院。

➡ Ma fac est ouverte tous les jours de la semaine.
我的學校天天開放。

➡ Les étudiants manifestent contre les nouvelles réformes du Ministère de l'Education Nationale.
學生們抗議教育部所做的新變革。

➡ J'ai un cours à 14 heures avec Dupont.
下午兩點我有杜邦老師的課。

➡ Il y a une conférence à 3 heures.
下午三點有個演講。

➡ T'as pris des notes, toi ?
你抄筆記了嗎？

➡ Mon cahier est couvert de ratures.
我的筆記本上畫了許多槓。

➡ Je dois acheter un autre stylo à plumes.
我該再買一支鋼筆了。

➡ Mon Bic a coulé : ma trousse est couverte d'encre.
我的原子筆漏水了：我的筆盒都是墨水。

➡ J'ai un examen d'économie samedi prochain.
下星期六我考經濟學。

➡ Comment s'est passé ton QCM ? (= questionnaire à choix multiples)
你複選題考得怎麼樣？

➡ Demain on a un TD (= travail dirigé) de chimie.
明天我們有堂化學實習課。

➡ C'est déjà un thésard !
他已經在寫博士論文了！

06 ▶ La pub ／廣告   ▶ MP3-61

† Cette réclame date de la deuxième guerre.
這則廣告源自二次大戰。

➥ Il est dans la pub.
他從事廣告業。

➥ La publicité est la première source de revenu pour les chaînes télévisées.
廣告是電視台的首要收入來源。

➥ Les spots publicitaires doivent être de courte durée.
廣告影片應該要簡短。

➥ Les jeunes sont la première cible des publicitaires.
年輕人是廣告商爭取的首要目標。

➥ Mon annonceur s'est trompé d'horaire.
我的廣告商把時間搞錯了。

➥ Une affiche est un support publicitaire.
海報是一種宣傳媒介。

➥ Le message publicitaire n'a pas été suffisamment compris.
廣告所要傳達的訊息沒被充分地理解。

➥ Ce placard publicitaire est trop petit, personne ne le voit.
這廣告看板太小，沒人看見。

➡ Ce n'était pas de la pub, c'était carrément de la propagande.
這不是廣告，根本就是宣傳品嘛。

➡ Des prospectus suffisent pour faire de la pub dans la rue.
在街頭做宣傳用廣告單就夠了。

➡ J'ai trouvé ce travail grâce à un encart dans un journal.
我是透過報紙的夾頁找到這份工作的。

07 L'édition ／出版   ▶ MP3-62

➡ J'ai trouvé une super revue sur la géographie.
我找到一本很棒的地理雜誌。

➡ Je me suis abonné à un magazine féminin.
我訂了一份女性雜誌。

➡ Je préfère les livres de poche, c'est plus pratique.
我比較喜歡口袋書，那比較方便。

➡ Pour les enfants, un livre de grand format est plus intéressant.
對小孩而言，大開本的書更有趣。

➡ Cet ouvrage parle des coutumes des aborigènes.
這部作品講的是原住民的風俗習慣。

➡ Ce livret vous explique tout sur les frais d'inscription.
這本小冊子會跟您說明關於註冊費用的所有資訊。

➡ Cette brochure est destinée à des étudiants étrangers.
這份小冊子是給外國學生看的。

➡ Ce manuel de français est pour les débutants.
這本法文教科書是給初學者用的。

➡ Envoyez une de vos brochures à l'attention de ma secrétaire.
寄一份您的小冊子給我的祕書。

➡ Ce fascicule est très bien fait.
這本小冊子做得很好。

➡ Les images de cet album sont en noir et blanc.
這張專輯裡的圖片是黑白的。

➡ Cette police de caractère est illisible.
這種字體不容易讀。

➡ La taille des caractères est trop petite.
字體太小了。

➡ Pour insister sur un mot on le met en gras.
要強調某個字，可以將它加粗體。

➡ L'italique est un style de police qui vient de l'Italie.
斜體字是一種源自義大利的字體樣式。

➡ Le soulignage est destiné à porter l'attention du lecteur sur un fait important.
劃線是為了要引起讀者對重要事項的注意。

➡ Réduisez l'espace entre les paragraphes et ce sera bon.
縮小段落之間的間距，然後這樣就可以了。

➡ La couverture n'est pas encore prête.
封面還沒準備好。

➡ L'édito (= l'éditorial) est écrit par le directeur de cette publication.
社論是由這家出版社社長撰寫的。

VII
文
教

➦ Le chroniqueur est tombé malade, un autre journaliste l'a remplacé.
專欄編輯生病了，由另一位記者替了他的工作。

➦ Veux-tu m'apporter un canard ?
你幫我拿份報紙來好嗎？

➦ Son livre de chevet, c'est la Bible.
他的床頭書是《聖經》。

➦ Il traduit les textes à livre ouvert (= couramment).
他翻譯得很流暢。

➦ J'ai lu ce bouquin au moins trois fois.
這本書我至少看三遍了。

08 ▸ **Les hommes politiques** ／政治人物　 ▸ MP3-**63**

➟ Le Président de la République Française c'est qui ?
誰是法國總統？

➟ Le Premier Ministre ne part jamais en voyage.
總理從不外出旅行。

➟ Le préfet de police a constaté que le nombre de travailleurs clandestins était en hausse.
警察局長證實了黑工人數正在增加。

➟ La préfecture délivre des permis de travail aux étrangers.
警察局核發工作許可證給外國人。

➟ Le ministère n'a pas approuvé les dires du ministre.
部裡沒有證實部長的說辭。

➟ Le Sénat a approuvé la nouvelle loi sur l'immigration.
參議院通過了新移民法。

➟ Afin de répondre aux attentes des grévistes, un médiateur a été nommé.
為了回應罷工者的請求，已任命了一位協調人員。

➟ Cette loi n'a pas répondu aux attentes du grand public.
這項法律未能回應大眾的期待。

➟ La mairie s'occupe aussi des problèmes juridiques.
市政府也負責處理法律問題。

VII
文教

➡ Les décrets sont des décisions juridiques.
政令是具法律效力的裁定。

➡ Les sans-papiers ont entamé une grève de la faim dans l'église Saint Bernard.
沒有身分證明的人聚集在聖伯納教堂，進行絕食抗議。

➡ Les communistes ont fait alliance avec les verts pour gagner des points à la prochaine élection.
共產黨和綠黨結盟，以求在下屆選舉中增加一些百分點。

➡ Le pays a connu 14 ans de socialisme d'affilés.
這個國家已經由社會黨執政了十四年。

➡ Le blocus contre l'Iran a été maintenu pendant 6 mois.
對伊朗的封鎖持續進行了六個月之久。

➡ Chaque parti aura un temps limité d'antenne pour sa campagne.
每個政黨在電台都享有一定的競選宣傳時段。

➡ C'est la première femme à être arrivée à un poste aussi élevé.
她是首位攀升到這麼高職位的女性。

❤ Je déteste cet arriviste de politicard.
我討厭這個政治投機客。

VIII

C'est la vie.
這就是人生。

01 Transport／交通 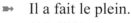 ▶MP3-64

➡ Vous descendez ?
您要下車嗎？

➡ La porte !
關（或開）門！

➡ Asseyez-vous, je descends à la prochaine.
您請坐，我下一站下車。

➡ Je vais prendre la route.
我要上路了。

➡ J'ai acheté une nouvelle voiture.
我買了一部新車。

➡ J'ai acheté une auto.
我買了一輛車。

➡ Il a fait le plein.
他加滿油了。

➡ Il a brûlé (grillé) le feu rouge.
他闖了紅燈。

➡ Il a eu un P.V. (= procès-verbal)
他吃了張罰單。

➡ Il s'est fait arrêter.
他被攔下來了。

➥ Il était en état d'ivresse.
他當時喝醉了。

➥ Il s'est fait retiré des points à son permis.
他的駕照被記點了。

❤ J'ai acheté une bagnole.
我買了一輛車。

❤ J'ai acheté une tire.
我買了一部車。

❤ J'ai acheté une chignole.
我買了一部車。

❤ J'ai acheté un clou.
我買了一部車。

❤ J'ai acheté un tacot.
我買了一輛老爺車。

❤ J'ai acheté une guimbarde.
我買了一部破車。

❤ J'ai acheté un zinc.
我買了一部四輪的車。

❤ J'ai acheté un coucou.
我買了一部老爺車。

VIII
人生

02 ▶ **Orientation** ／方向　　　　　▶MP3-65

➡ Pouvez-vous me dire où se trouve... ?
您能不能告訴我……在哪兒？

➡ Où est... ?
……在哪兒？

➡ La Tour d'argent, s'il vous plaît ?
請問銀塔餐廳在哪裡？

➡ Pour aller à la Tour d'argent, s'il vous plaît ?
請問去銀塔餐廳要怎麼走？

➡ A gauche.
向左。

➡ A droite.
向右。

➡ Tout droit.
直走。

➡ Il est perdu.
他迷路了。

➡ Tu sais pas où je peux trouver la Tour d'argent ?
你知道銀塔餐廳怎麼去嗎？

♥ Il est paumé.
他迷路了。

03 ▶ Au téléphone ／打電話　　▶ MP3-66

★如果是自己的電話，可回答：

➡ C'est lui-même (elle-même).
我就是。

➡ Qui est à l'appareil ?
是哪位？（＝請問您是？）

➡ C'est de la part de qui ?
請問是哪位？

★如果是找別人的電話，可向對方說：

➡ Ne quittez pas.
請別離開。

➡ Ne coupez pas.
請別掛斷。

➡ Je vous le (la) passe.
我請他（她）來接電話。

➡ Un instant, s'il vous plaît.
請稍等。

★若此人不在，可回答：

➡ Il (Elle) n'est pas là.
他（她）不在。

➡ Voulez-vous laisser un message ?
您要留言嗎？

➡ C'est à quel sujet ?
有何貴幹？

➡ C'est de la part de qui ?
您是哪位？

★如果對方打錯電話，可以說：

➡ Vous avez fait un faux numéro.
您撥錯電話號碼了。

➡ Vous vous trompez de numéro.
您打錯號碼了。

★電話線路不通時則說：

➡ Occupé.
通話中。

★電話訊號接收不良時：

➡ Il y a de la friture sur la ligne.
電話有雜音。

➡ Le téléphone est brouillé.
電話受到干擾了。

04 ▶ Aux toilettes ／上廁所　　　▶ MP3-67

➠ Faire ses besoins
「解決」一下

➠ Aller au petit coin
去洗手間

➠ Aller se soulager
去「解放」一下

➠ Aller au water
上廁所

➠ Faire pipi (= faire un petit besoin)
上小號

➠ Faire caca (= faire un gros besoin)
上大號

♥ Aller aux chiottes
蹲茅坑

♥ le trône
廁所

♥ Pisser
小便

❤ Chier
大便

❤ Je vais couler un bronze.
我要去撇一條。

05 ▶ Argent ／金錢　　　　　　◀ MP3-68

➠ Ça fait combien ?
總共多少錢？

➠ Combien je vous dois ?
我欠您多少錢？

➠ C'est donné. (= C'est bon marché.)
好便宜。

➠ C'est gratuit.
這不用錢。

➠ Il a des sous.
他有些錢。

➠ Il n'a plus de sou.
他沒錢了。

➠ Il est en faillite.
他破產了。

➠ L'argent ne fait pas le bonheur, mais il vaut mieux pleurer dans une Mercedes.
金錢不能帶來幸福，但能在賓士轎車裡哭還是比較好。

➠ L'argent ne fait pas le bonheur, mais il y contribue.
金錢難買幸福，但它不無小補。

♥ Il est fauché. (= Il est pauvre.)
他沒錢。

♥ Il est à sec.
他口袋乾了。

♥ Il a du fric. (= Il est riche.)
他很有錢。

♥ Il a du pognon.
他口袋麥克麥克的。

♥ Il a de l'oseille.
他有的是鈔票。

♥ Il roule sur l'or.
他賺爆了。

♥ Il est riche comme Crésus.
他是個大富翁。

★付款方式：

➡ En espèces.
付現。

➡ En argent liquide.
付現金。

➡ Payer cash.
現金交易。

➡ Par chèque.
付支票。

➡ Avec une carte de crédit.
用信用卡支付。

06 ▶ Achat ╱購物　　　▶MP3-69

➡ On va faire des courses. (= faire du shopping)
我們要去逛街購物。

★但在魁北克則說：

➡ On va magasiner.
我們去逛街購物。

➡ On va aux grands magasins.
咱們要去百貨公司。

➡ On va en grande surface.
咱們要去大賣場。

➡ On va faire du lèche-vitrine.
我們只逛不買。

➡ Vous désirez ?
您需要什麼嗎？

➡ Je peux vous conseiller ?
我可以給您建議嗎？

➡ Je peux vous renseigner ?
您需要我幫忙嗎？

VIII
人生

➡ Vous cherchez quelque chose ?
您需要什麼東西嗎？

➡ Je regarde.
我看看。

➡ Je jette un coup d'œil.
我隨便瞧一瞧。

➡ Ça me serre un peu.
這有點緊。

➡ Ça vous va parfaitement.
這非常適合您。

➡ On a l'embarras du choix.
我們的貨色齊全。

➡ Elle a trouvé son petit bonheur.
她找到自己喜歡的東西。

➡ C'est tout ?
這樣就夠了嗎？

➡ Je n'ai pas de sous. (= Je n'ai pas d'argent.)
我沒錢。

➡ Ça coûte les yeux de la tête. (= C'est cher.)
這貴過頭了。

➠ C'est hors de prix.
這簡直是天價嘛。

➠ C'est exubérant.
這貴得離譜。

➠ C'est un luxe.
這太奢侈了。

➠ C'est des économies de bout de chandelle.
這只是在省小錢。

♥ T'as pas cent balles ?
你有沒有錢可以借一下？

♥ Je suis fauché(e).
我沒錢了。

♥ Je suis à sec.
我囊空如洗。

♥ Ça coûte la peau des fesses.
貴死人了。

♥ Je me suis fait avoir.
我被敲竹槓了。

VIII
人
生

07 ▶ Vêtements ／衣服　　　　　　　▶MP3-70

✦ Vos effets vous vont comme un gant, ma chère.
您買的東西太適合您了，親愛的。

➡ Ma garde-robe est vide.
我的衣櫃空空的。

➡ Va te changer, on dirait que tu portes des haillons !
去換衣服，你看起來像穿著塊破布一樣！

➡ C'est quoi cet accoutrement ? Tu te prends pour un clown ?
這是什麼奇裝異服嘛？你把自己當小丑不成？

➡ Ce garçon est toujours mal vêtu.
這男孩總是穿得不得體。

➡ Il change d'avis comme il change de chemise.
他變卦就像換襯衫一樣容易。

➡ Il a retourné sa veste.
他改變主意了。

➡ Il a ramassé une veste au casino.
他在賭場輸光了。

➡ A son concours, il a ramassé une veste.
他比賽失敗了。

➡ Tenue correcte exigée.
敬請穿著整齊。

➡ Il est sur son trente et un pour une interview.
他盛裝打扮接受訪問。

➡ Sa fille est tirée toujours à quatre épingles.
他女兒總是打扮得整整齊齊。

❤ Il est sapé comme un roi.
他穿得像個國王一樣炫。

❤ Il s'est mis sur son trente et un.
他盛裝打扮。

❤ Je n'ai plus de fringues à me mettre.
我沒有衣服可穿了。

❤ T'as vu tes nippes ? On dirait un clodo !
你看你穿的？像個流浪漢！

❤ Il a une de ces défroques !
他穿得破破爛爛的！

❤ Où t'as choppé ce froc ? Il est d'enfer !
你哪來的破衣服？遜斃了！

❤ T'es bien tapissé.
你穿得挺正點的。

08　Habitation ／居住　　　　　　　　　◉ MP3-71

➦ Au Mexique, il y a beaucoup de bidonvilles.
在墨西哥，有很多貧民窟。

➦ C'est une pièce très bien exposée.
這間房間的方位很好。

➦ Vous avez le soleil du matin au soir.
您從早到晚都曬得到陽光。

➦ C'est exposé plein sud.
它朝正南。

➦ Ils habitent au cinquième étage.
他們住在五樓。

➦ Pour un commerce, il vaut mieux être au rez-de-chaussée.
就做生意來說，最好是在一樓。

➦ Ce bâtiment est à louer entièrement.
這棟建築物要整棟出租。

➦ Il y a en tout environ dix mille mètres carrés de surface.
總面積約有一萬平方公尺。

➦ Combien tu payes de loyer par mois ?
你每個月付多少房租？

➦ C'est un joli patio que vous avez là.
您有座好漂亮的內院。

➡ Vous devez payer 3 mois de caution à l'avance.
您必須先支付三個月的押金。

➡ 10% du loyer sont pour les charges.
百分之十租金是拿來付水電費的。

➡ Il habite dans une HLM pourrie.
他住在一棟很破的國民住宅。

➡ Ma cité est obscure et sans avenir.
我住的社區很幽暗，也沒什麼前景可言。

♥ C'est un boui-boui, ici !
這裡破破爛爛的！

♥ C'est quoi cette porcherie !
這簡直是豬窩嘛！

♥ Je pense acheter un appart un de ces jours.
近期我打算買個公寓的房子。

♥ Mon proprio me fait payer le 5 du mois.
我的房東要我每個月五號付房租。

♥ Les locataires du dessus nous emmerdent avec leur musique.
樓上房客的音樂吵死我們了。

♥ C'est un bordel.
這裡亂七八糟的。

VIII
人生

09 Le temps ／時間 ◆ MP3-72

➡ J'ai déménagé il y a peu de temps.
我不久前才剛搬家。

➡ Il a filé en un rien de temps.
他一會兒工夫就跑了。

➡ Avec le temps, on oublie tout.
時間會沖淡一切記憶。

➡ Il marque un temps d'arrêt puis reprend la parole.
他停頓了一下，然後繼續發言。

➡ Avez-vous fixé mon emploi du temps pour la semaine prochaine ?
您安排好我下星期的行程了嗎？

➡ Je travaille à mi-temps. (= à temps partiel)
我兼職。

➡ T'as un créneau à me consacrer ?
你可不可以給我一些時間？（暗喻：我有事跟你談。）

➡ J'ai tout mon temps.
我有的是時間。

➡ Prends ton temps, on n'est pas pressé.
慢慢來，我們不急。

➡ On s'est donné du bon temps.
我們有過一段美麗時光。

➡ Il est temps de vous décider maintenant.
您現在是做決定的時候了。

➡ C'est le moment de gagner du temps.
是時候爭取時間了。

➡ Ça m'a pris un temps fou de corriger ses mémoires.
我花了好多時間才修改完他的回憶錄。

➡ Il s'en est fallu de peu pour que ça brûle entièrement.
才一轉眼就全燒起來了。

➡ A notre époque, les jeunes quittent leur pays pour chercher du travail ailleurs.
在我們這個時代，年輕人離鄉背井到外地找工作。

➡ Par les temps qui courent, vaut mieux pas risquer sa vie avec la première fille venue.
從最近發生的事情看來，最好別隨便跟一個女人來往。

➡ Il était temps ! J'allais partir.
剛好時間到了！我也正要出發。

➡ De tout temps il y a eu des guerres.
任何時代都有戰爭。

➡ On est arrivé en même temps.
咱們同時到達。

➡ Chaque chose en son temps.
要按步就班。

➡ Le temps, c'est de l'argent.
時間，就是金錢。

➡ Le temps, cela ne s'achète pas.
寸金難買寸光陰。

mémo

國家圖書館出版品預行編目資料

即問即答生活法語 / 阮若缺編著
-- 初版 -- 臺北市：瑞蘭國際，2024.12
208 面；14.8 x 21 公分 --（外語達人系列；34）
ISBN：978-626-7629-02-4（平裝）
1.CST：法語 2.CST：會話

804.588   113018317

外語達人系列 34
即問即答生活法語

編著者｜阮若缺
責任編輯｜葉仲芸、王愿琦
特約編輯｜陳媛
校對｜阮若缺、陳媛、葉仲芸、王愿琦

法語錄音｜ Gabin BRULFERT（鐵凱風）
錄音室｜純粹錄音後製有限公司
封面設計、版型設計｜劉麗雪
內文排版｜陳如琪

瑞蘭國際出版

董事長｜張暖彗 ‧ 社長兼總編輯｜王愿琦
編輯部
副總編輯｜葉仲芸 ‧ 主編｜潘治婷
設計部主任｜陳如琪
業務部
經理｜楊米琪 ‧ 主任｜林湲洵 ‧ 組長｜張毓庭

出版社｜瑞蘭國際有限公司 ‧ 地址｜台北市大安區安和路一段 104 號 7 樓之 1
電話｜(02)2700-4625 ‧ 傳真｜(02)2700-4622 ‧ 訂購專線｜(02)2700-4625
劃撥帳號｜ 19914152 瑞蘭國際有限公司
瑞蘭國際網路書城｜ www.genki-japan.com.tw

法律顧問｜海灣國際法律事務所　呂錦峯律師

總經銷｜聯合發行股份有限公司 ‧ 電話｜(02)2917-8022、2917-8042
傳真｜(02)2915-6275、2915-7212 ‧ 印刷｜科億印刷股份有限公司
出版日期｜ 2024 年 12 月初版 1 刷 ‧ 定價｜ 450 元 ‧ ISBN｜ 978-626-7629-02-4

瑞蘭國際